AF453147

LES CHAPONS

PIÈCE EN UN ACTE

Représentée pour la première fois, sur la scène du THÉATRE LIBRE,
le vendredi 13 juin 1890.

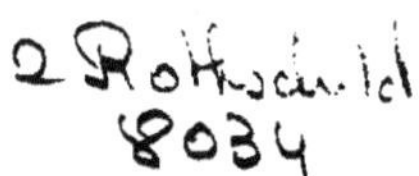 2 Rothschild
8034

 DON
220220

A LA MÊME LIBRAIRIE

EN FAMILLE, pièce en un acte, par M. Oscar Méténier, représentée
sur le Théâtre-Libre. Prix. 1 50

BELLE-PETITE, comédie en un acte, par M. André Corneau, représentée sur le Théâtre-Libre. Prix 1 50

ESTHER BRANDÈS, pièce en trois actes, par M. Léon Hennique, représentée sur le Théâtre-Libre. Prix. . . . . 2 »

LA SÉRÉNADE, pièce en trois actes, par M. Jean Julien, représentée
sur le Théâtre-Libre. Prix. . . . . 2 »

LA PUISSANCE DES TÉNÈBRES, drame en cinq actes et six tableaux,
du comte Léon Tolstoï, traduit du russe par MM. Isaac Pav-
lowky et Oscar Méténier, représenté sur le Théâtre-Libre. Prix. 2 »

MONSIEUR LAMBLIN, comédie en un acte, en prose, par M. Georges
Ancey, représentée sur le Théâtre-Libre. Prix. 1 50

LA PROSE, comédie en trois actes, par M. Gaston Salandry, représentée sur le Théâtre-Libre. Prix. . . . . 2 »

LES BOUCHERS, drame en un acte en vers, par Fernand Icres, pré-
face par M. Léon Cladel, représentée sur le Théâtre-Libre. Prix. 1 50

ROLANDE, pièce en quatre actes et cinq tableaux, par M. Louis de
Gramont, représentée sur le Théâtre-Libre. Prix. . . . . 2 »

LE COR FLEURI, féerie en un acte, en vers, par M. Ephraïm Mikhaël,
représentée au Théâtre-Libre. Prix. . . . . 1 »

LA MORT DU DUC D'ENGHIEN, en trois tableaux, par Léon Hennique, représentée au Théâtre-Libre. Prix. . . . . 2 »

LES INSÉPARABLES, comédie en trois actes, par M. Georges Ancey,
représentée au Théâtre-Libre. Prix. . . . . 2 »

L'ENVERS DU GALON, drame en un acte, par M. Lucien Descaves, représenté au Théâtre-Libre. Prix. 1 50

EN DÉTRESSE, comédie en un acte, par M. Henry Fèvre, représentée au Théâtre-Libre. Prix. 1 50

MÉNAGES D'ARTISTES, comédie en trois actes, par M. Eugène
Brieux, représentée au Théâtre-Libre. Prix. . . . . 2 »

UNE NOUVELLE ÉCOLE, pièce en un acte, par M. Louis Mullem, représentée pour la première fois au Théâtre-Libre. Prix. 1 50

JACQUES BOUCHARD, pièce en un acte de M. Pierre Wolff, représentée pour la première fois au Théâtre-Libre. Prix. 1 50

LA TANTE LÉONTINE, comédie en trois actes par MM. Maurice
Boniface et Edouard Bodin, représentée pour la première fois au
Théâtre-Libre. Prix. . . . . 2 »

LES REVENANTS, drame familial en trois actes, par Henrik Ibsen, tra-
duite par M. Rod. Darzens, représentée au Théâtre-Libre. Prix. 2 »

ÉMILE COLIN. — IMPRIMERIE DE LAGNY

Lucien DESCAVES & Georges DARIEN

LES CHAPONS

PIÈCE EN UN ACTE

PARIS

TRESSE & STOCK, ÉDITEURS

8, 9, 10, 11, GALERIE DU THÉATRE-FRANÇAIS

PALAIS-ROYAL

1890

Tous droits réservés.

DES MÊMES AUTEURS

De M. LUCIEN DESCAVES :

Le calvaire d'Héloïse Pajadou, 1 vol.
Une vieille rate, 1 vol.
La teigne, 1 vol.
Les misères du sabre, 1 vol., 3e édition.
Sous-offs, 1 vol., 32e édition.

La pelote, pièce en trois actes, en collaboration avec
  M. Paul Bonnetain.

En préparation :

En tutelle, roman.
Incurables, nouvelles.

De M. GEORGES DARIEN :

Bas les cœurs, 1870-1871, 1 vol.
Biribi, 1 vol., 10e édition.

En préparation :

L'ogre.
L'étal.
L'épaulette.
La camisole de force.

AUX MANES DES BOURGEOIS DE CALAIS

NOUS SACRIFIONS

CE SPÉCIMEN DE LEUR PITOYABLE DESCENDANCE

DISTRIBUTION

BARBIER, rentier, 55 ans. . . . .   MM. Antoine.
RAQUILLET, marchand de tabac, 50 ans.   Pinsard.
Mᵐᵉ BARBIER, 45 ans. . . . .   Mᵐᵉˢ Barny.
CATHERINE, 40 ans, bonne des Barbier.   France.

La scène est dans un faubourg de Versailles, en 1870, le lendemain
de l'entrée des troupes prussiennes.

LES CHAPONS

Grande salle à manger bourgeoise d'un rez-de-chaussée surélevé. Par les deux fenêtres du fond, de chaque côté d'une large porte d'entrée avec perron, on aperçoit les feuillages du jardin, en contre-bas. A droite, chambre des Barbier. A gauche, deux portes de dégagement.

SCÈNE PREMIÈRE

BARBIER, MADAME BARBIER, *autour d'une table que* CATHERINE *achève de garnir de tasses à thé, de sucrier, de pâtisseries.*

CATHERINE, *présentant le gâteau.*

Comme ça, vous ne voulez pas de ma pâtisserie ?

MADAME BARBIER.

Non, Catherine, le thé seulement.

CATHERINE, *reportant le gâteau au buffet.*

Bien.

BARBIER.

Cette idée que les Prussiens sont dans Versailles

depuis hier... J'ai tout mon déjeuner sur l'estomac...
Ah! nous ne sommes pas habitués à des révolutions
pareilles! (*A Catherine redescendue et servant le thé.*)
Léger, n'est-ce pas?

MADAME BARBIER.

Avec une larme de rhum?

BARBIER, *tendant sa tasse.*

Une larme... là. (*A Catherine.*) Rien de nouveau
dehors?

CATHERINE.

Sais pas... On voit toujours pas un chien dans la
rue.

MADAME BARBIER.

Et je lui ai bien défendu de sortir.

BARBIER.

Si seulement Raquillet nous tenait au courant.
(*Cherchant autour de soi.*) Eh! bien, mais... Catherine,
avec quoi veux-tu que je fasse fondre mon sucre?

MADAME BARBIER.

Eh! bien, oui.., tu es là... Les petites cuillers?

CATHERINE.

Vous savez bien...

Monsieur et madame Barbier se regardent un mo-
ment sans répondre.

MADAME BARBIER.

C'est vrai. Nous les avons enterrées hier avec
l'argenterie. Et il était temps!

BARBIER.

On peut dire que j'ai eu du nez. J'avais toujours
pensé, moi, que les Prussiens arriveraient à Versailles quand on ne les y attendrait pas... Nous en
sommes réduits à remuer le thé avec un crayon...
C'est le commencement des privations.

MADAME BARBIER, *se levant et venant derrière lui.*

Voyons, monsieur Barbier, ne te rends pas malade.
(*Lui grattant le menton comme aux enfants.*) Qu'est-
ce qui va boire son thé bien chaud, bien sucré ?...
Encore un que les Prussiens n'auront pas, va... Tu
l'as dit assez souvent avec Raquillet.

BARBIER.

Raquillet... Raquillet... Tu vois comme il nous ren-
seigne... A-t-il assez fait le fendant, l'a-t-il assez
fait ! Tu te rappelles, quand le département a été mis
en état de siège ?... « C'est la Providence qui les en-
voie en Seine-et-Oise, disait-il, ce sera leur tom-
beau ! » Et maintenant, je suis sûr qu'il en est à ne
pas oser traverser la rue pour venir nous donner des
nouvelles.

MADAME BARBIER.

Ecoute donc... S'ils l'avaient pris comme otage ?
Un commerçant...

BARBIER.

Un marchand de tabac ? Tu sais bien qu'ils ne
prennent que des notables . Après ça, il est si intri-
gant !

MADAME BARBIER.

Bref, nous ne savons pas combien nous en aurons
à loger.

CATHERINE, *qui a débarrassé la table.*

C'est sûr, alors, qu'on va avoir de ça ici?

MADAME BARBIER

Hélas!... Tu penses à l'ouvrage qu'ils te donne
ront, hein? Allez donc tenir une maison propre avec
ces êtres-là!

BARBIER.

Catherine fera son devoir comme nous ferons le
nôtre (*On sonne.*)

MADAME BARBIER.

Ah!... Raquillet!

BARBIER.

Pas sûr... Pas sûr... Vois donc par la croisée avant
d'aller ouvrir. (*Catherine va écarter les rideaux, regarde dehors, puis ouvre la porte et sort à gauche, quand
Raquillet est entré.*)

SCÈNE II

BARBIER, MADAME BARBIER, RAQUILLET

BARBIER, *allant au-devant de Raquillet.*

Ah! Enfin... Eh! bien?...

RAQUILLET, *gaillard.*

Eh! bien, ça va... ça va...

BARBIER.

Comment ?

RAQUILLET.

Je viens de la mairie. Vous en avez trois.

MADAME BARBIER

Trois ?

RAQUILLET.

Grâce à moi. Vous n'en aviez que deux ; je vous en
ai fait donner un troisième : un sous-officier. Excel-
lent dans une maison, pour le respect, le maintien
de la discipline... un tas de choses... Et puis, quand
il y a pour deux... Ça vous ennuie ?

BARBIER.

Nous ne disons pas cela.

RAQUILLET.

Parce que je l'aurais pris... Vous ne les connaissez
pas, alllez !... On se fait bien des idées...

MADAME BARBIER, *se rapprochant de lui.*

Alors, vous les avez vus ?

RAQUILLET.

Mais je vis au milieu d'eux comme parmi vous,
depuis vingt-quatre heures. Est-ce que j'ai l'air de
m'en porter moins bien ?

MADAME BARBIER.

On a dit tant d'horreurs !...

BARBIER.

Les journaux, les journaux... Ils exagèrent toujours.

RAQUILLET.

Moi, je ne peux pas dire autre chose : ils sont convenables. Oui, je sais bien, nous ne les avons pas de première main, si j'ose m'exprimer ainsi... Ah! si nous avions subi le premier choc... Mais non. Pensez donc : voilà des gens qui roulent en France depuis deux mois. Nous les avons dégrossis, positivement. D'abord, ils se font comprendre. On sait tout de suite ce qu'ils veulent !

MADAME BARBIER.

Et... Qu'est-ce qu'ils veulent ?

RAQUILLET.

Mon Dieu... le nécessaire.

MADAME BARBIER.

Ils sont vilains, n'est-ce pas ?

RAQUILLET.

Mais non.

MADAME BARBIER.

Ils ont de grandes barbes rouges ?

RAQUILLET.

Rouges, noires, blondes...

MADAME BARBIER.

Et des sabres, des pistolets, des lances ?

RAQUILLET.

Ils sont armés ni plus ni moins que des soldats.

BARBIER.

Enfin... votre opinion ?

RAQUILLET.

C'est qu'il faut garder son sang-froid... Savez-vous ce qui m'inquiéterait plutôt, moi, à votre place ?

BARBIER.

Non. Quoi donc ?

RAQUILLET.

Catherine.

MADAME BARBIER.

Catherine ?

RAQUILLET.

Dame ! Après la lettre qu'elle a reçue de son pays.

MADAME BARBIER.

Vous supposeriez ?

RAQUILLET.

Il est fort possible que cette fille saisisse une des mille occasions qu'elle va avoir de venger la mort de son frère.

MADAME BARBIER.

Comment cela ?

RAQUILLET.

En la faisant payer — par exemple — aux soldats que vous logerez.

BARBIER.

Le frère de Catherine a été tué à Forbach... au début de la guerre... Elle l'a pleuré, elle porte son deuil : c'est une affaire finie.

RAQUILLET.

Heu ! Heu !

MADAME BARBIER, *avec une nuance d'inquiétude.*

Est-ce que vous avez avez appris quelque chose ?

RAQUILLET.

Non... je me souviens, voilà tout. Vous avez donc
oublié son exaltation à la nouvelle de cette mort.
Elle a lu la lettre qui l'annonçait à vingt personnes,
dans le quartier. Il paraît même qu'elle aurait dit chez
l'épicier : « Qu'il m'en tombe jamais un sous la main,
je me charge de lui faire passer le goût du pain. »

MADAME BARBIER.

Vous ne nous avez jamais parlé de cela.

RAQUILLET, *haussant les épaules.*

... Des propos comme nous en tenions tous...
L'ennemi était loin... On ne croyait pas... Le malheur est que des imbéciles l'ont encouragée, lui ont
monté l'imagination... Alors, tout est à craindre.

BARBIER.

Allons donc ! Je vous le répète : ce qui s'expli-
quait il y a six semaines, sous le coup d'une émotion
profonde, sincère, est inadmissible aujourd'hui. Le
temps a fait son œuvre.

MADAME BARBIER.

Nous répondons de Catherine comme de nous-
mêmes.

RAQUILLET.

Tant mieux ! Mais vous ne semblez pas l'avoir ob-

servée attentivement. Regardez-la. Elle a le deuil
menaçant. C'est un danger pour une maison qu'un
deuil porté de cette façon-là. Enfin, croyez-moi, ne me
croyez pas : un bon averti en vaut deux... Si maintenant elle vous joue un mauvais tour...

MADAME BARBIER.

Catherine. criminelle ! oh !...

RAQUILLET.

Criminelle ! Voila bien l'exagération ! Surexcitée,
simplement... Il est vrai, au point de vue de la res-
ponsabilité encourue. que le résultat est le même.

BARBIER.

Quel résultat?

RAQUILLET, *couchant en joue un être imaginaire.*

Il n'y en a pas deux.

BARBIER, *faisant effort pour chasser de pénibles pensées.*

Allons, allons, tout ça c'est pour parler...

RAQUILLET.

Je suis votre ami, vous ne m'en voudrez pas de
vous avoir prévenus... (*Regardant sa montre.*) Eh !
diable... j'oubliais... quatre heures... Vos trois gail-
lards seront ici avant une demi-heure... Au revoir.
Et si vous avez besoin de moi... (*Il sort.*)

SCÈNE III

Les Mêmes, *moins Raquillet.*

Barbier revient s'asseoir près de la table. Madame Barbier reste debout derrière lui. Un long silence embarrassé.

MADAME BARBIER.

Veux-tu, pour te distraire, planter quelques petits drapeaux sur la carte du théâtre de la guerre?

BARBIER.

Non, je n'y ai pas de goût.

Nouveau silence.

MADAME BARBIER.

Est-ce que tu ne crois pas que Raquillet a voulu nous faire peur?

BARBIER.

C'est mon avis. Il est impossible que Catherine se soit compromise... nous ait compromis, en bavardant chez l'épicier.

MADAME BARBIER.

Des commérages! Catherine aimait bien son frère... Mais, comme tu disais : Elle l'a pleuré... C'est tout ce qu'une femme peut faire.

BARBIER, *avec un peu d'aigreur.*

N'importe... Tu la prieras de lier sa langue. Le temps de ces fanfaronnades est passé.

Madame Barbier, *après encore un silence.*

C'est drôle tout de même que Catherine, ordinai-
rement si peu expansive, se soit ainsi répandue en
menaces. Raquillet se trompe ; rien dans ses allures
ne justifie les intentions qu'il lui prête.

Barbier, *dubitatif.*

Rien... rien... L'as-tu vue tout à l'heure, quand
elle servait le thé ? Elle avait un singulier regard en
dessous, pas franc, que je ne lui connaissais pas.

Madame Barbier.

Elle a toujours été un peu sauvage. Depuis vingt-
cinq ans qu'elle est chez nous, rarement nous avons
assisté à une explosion de ses sentiments. Ils ne
s'échappent pas de son « en-dedans », comme elle
dit elle-même.

Barbier.

Voilà précisément ce qui m'inquiète. Je préfére-
rais une nature ouverte. On saurait à quoi s'en tenir.
Tandis que nous sommes sur le qui-vive. Si tu crois
que nous allons pouvoir dormir tranquilles, à pré-
sent.

Madame Barbier.

Peut-être les paroles de Catherine ont-elles été
inexactement rapportées.

Barbier.

N'épiloguons pas. Il est parfaitement possible que
cette fille... primitive, tu l'as dit, soit conduite, par
un des deux ou trois sentiments qui la gouvernent, à
se faire justice soi-même.

MADAME BARBIER.

Sais-tu que tu n'es guère rassurant ?

BARBIER, *nettement.*

J'observe. Certainement, depuis qu'elle a reçu cette lettre, elle n'est plus la même. Il faudrait être aveugle pour ne s'en être pas aperçu.

MADAME BARBIER.

Tu n'en as jamais fait la remarque.

BARBIER.

C'est que des indices ne me suffisaient pas. Je voulais une certitude. J'ai bien peur qu'elle ne nous fourre dans de beaux draps !

MADAME BARBIER.

Si tu l'interrogeais... adroitement ?

BARBIER.

J'y songeais. Je vais l'appeler.

On sonne.

MADAME BARBIER.

Ce sont eux... Ah ! je n'ai plus de jambes !
Elle s'effondre sur une chaise.

SCÈNE IV

LES MÊMES, CATHERINE

CATHERINE.

Les v'la... Faut-y que j'aille ouvrir ?

BARBIER, *vivement.*

Non, non... Laisse-moi... Reste auprès de madame Barbier... qui a besoin de toi...

MADAME BARBIER.

Conduis-les au pavillon, dans le jardin.

Barbier sort.

SCÈNE V

MADAME BARBIER, CATHERINE

MADAME BARBIER, *prenant les mains de Catherine.*

Ah ! ma pauvre fille... tu ne me quittes pas, hein ?

CATHERINE.

Faudrait p't'être que j'aide à les installer ?

MADAME BARBIER.

Non, ils ne sont pas nombreux... trois seulement... Seigneur Dieu ! les voilà qui passent... Ne regarde pas... (*Successivement devant chaque fenêtre, au fond, passent M. Barbier, dont on ne voit que la calotte grecque, et trois casques à pointes*). Notre rôle à nous est de demander à la religion les inspirations, les consolations, qu'elle ne refuse jamais aux affligés... Elle nous enseigne le pardon des offenses avant tout. On te dit cela, n'est-ce pas, à la messe, chaque dimanche? Il faut obéir...

CATHERINE.

Mais... je vous ai toujours obéi.

MADAME BARBIER.

Tu ne me comprends pas. Oui, tu nous es dévouée...

SCÈNE VI

LES MÊMES, BARBIER

BARBIER, *rentrant, très affairé.*

Vite... Ils sont en train de se nettoyer... Ils
veulent dîner dans une heure... Mais ils demandent,
en attendant, une légère collation .. Oui... Il y en a
un, le sous-officier, qui s'exprime en assez mauvais
français... j'ai cru comprendre... As-tu quelque
chose à leur servir ?

MADAME BARBIER, *réfléchissant.*

Ma foi...

CATHERINE.

Y a la pàtisserie que j'ai faite hier.

MADAME BARBIER.

Tiens ! c'est juste...

BARBIER, *avec un sourire forcé.*

Mais oui, très bonne idée... (*Pendant que Catherine remonte au buffet, bas à sa femme.*) Malheureuse !
y penses-tu ?

MADAME BARBIER.

Quoi donc ?

BARBIER.

Tu n'as pas remarqué son empressement à offrir le gâteau?

MADAME BARBIER.

Eh! bien?

BARBIER.

Si elle l'avait empoisonné! Elle l'a préparé hier, c'est-à-dire lorsque la nouvelle de l'occupation était déjà connue.

MADAME BARBIER.

C'est vrai... Il est empoisonné.

BARBIER.

Fais semblant de le porter aux soldats... et jette-le dans les cabinets.

CATHERINE, *redescendant.*

Faut-y leur donner tout ?

MADAME BARBIER, *lui enlevant vivement l'assiette des mains.*

Je ne sais pas... je vais voir... leur demander moi-même.

CATHERINE

Pendant que j'apprêterai leur dîner?

BARBIER.

Non... C'est aussi madame Barbier qui s'en occupera. Dans des circonstances pareilles, tout le monde doit mettre la main à la pâte. Il n'y a plus ni servante ni maîtresse ; il n'y a que des Français devant l'étranger. (*Remontant avec madame Barbier, à mi-voix.*) Laisse-moi seul avec elle, je vais la sermonner.

Madame Barbier sort.

SCÈNE VII

Les Mêmes, *moins Madame Barbier.*

BARBIER.

Approche, ma fille... Nous comprenons, personne ne comprend mieux que nous, ce que peut avoir de pénible pour toi la vue des gens que nous sommes obligés de recevoir. Aussi sommes-nous d'accord, madame Barbier et moi, pour t'épargner un spectacle qui réveille en toi de douloureux souvenirs. Nous partagerons tes fatigues, nous te seconderons dans ton service, de façon que tu n'aies pas à subir un contact dont tu souffrirais trop... ou qui pourrait t'exposer à de coupables tentations.

CATHERINE.

Des tentations ?... Quelles tentations ?

BARBIER.

En revanche, nous te demandons de ne pas trahir la confiance que nous plaçons en toi. C'est à un membre de ma famille que je m'adresse... C'est à ses sentiments de vieille affection pour nous que je

fais appel. Il ne s'agit pas d'une domestique quel-
conque, que j'eusse pu soustraire en l'éloignant aux
mauvais conseils de la haine. Vingt-cinq ans de soins,
de dévouement en des circonstances inoubliables,
t'ont donné des droits que nous ne méconnaîtrons
jamais.

CATHERINE, *dont l'émotion fait cligner les yeux.*

Pourquoi que vous me dites ça... j'ai fait que mon
devoir.

BARBIER.

J'étais sûr, parlant à ton cœur, d'en être entendu.
Accepte donc, comme nous les acceptons, les décrets
de la Providence. La guerre, vois-tu, ce fléau des
peuples, a des lois implacables. Elle prend les fils,
les maris, les frères. (*Catherine pleure dans son ta-
blier*). Suis-je sûr moi-même que mes deux filles, celles
que tu as élevées, oui, ne sont pas veuves aujour-
d'hui? Suis-je sûr que le sang de mes deux gendres
n'a pas coulé? Et cependant, tu le vois, je me contiens ; je sais faire ce sacrifice à mon pays. (*Les
pleurs de Catherine redoublent*). Fais taire ta dou-
leur. Ne t'abandonne pas à des désirs de vengeance
périlleux pour tes vieux maîtres comme pour toi. Ah !
si nous étions les plus forts, je n'hésiterais pas à te
dire : Vas-y hardiment ! Mais nous sommes aux
mains du vainqueur. Un éclat exposerait ta vie, la
nôtre, inutilement. Mets donc dans ta sévérité plus
de reproches que de menaces. Montre-leur, sans
bravade, que tu gardes pieusement la mémoire de
ton frère. Le deuil se porte bien moins dans les
habits que dans le cœur, va... Est-ce que tu ne

pourrais pas, tout au moins dans ta coiffure... un peu
de blanc?... J'en parlerai à madame Barbier. On
ne saurait trop, vois-tu, tout en ménageant les conve-
nances et en faisant la part du sentiment, user de
précaution vis-à-vis d'un ennemi qui vous tient à sa
merci. Regarde-moi. Tu nous aimes bien ?

CATHERINE.

C'est-y vous qui demandez ça!

BARBIER.

Alors, sèche ces yeux-là... Déride-toi... Ah !
encore un mot. Les photographies de l'artilleur, ton
frère, sont toujours accrochées dans ta chambre?

CATHERINE.

Oui.

BARBIER.

Eh ! bien, il faut, pour un temps, les faire dispa-
raître. (*Mouvement de Catherine.*) Je ne te demande
pas de t'en séparer. Je ne veux pas qu'on puisse
voir dans leur étalage... un défi, une provocation
de... mauvais goût. Va les cacher, ma fille...

Il la pousse doucement vers la gauche.

SCÈNE VIII

BARBIER, MADAME BARBIER, *laquelle rentre
juste au moment où Catherine sort.*

MADAME BARBIER.

Eh ! bien ?

BARBIER.

Un mouton ! On fera d'elle ce qu'on voudra par
la douceur, la persuasion... Je n'ai eu qu'à lui dire
qu'elle était de la famille pour que la raison prît le
dessus.

MADAME BARBIER.

Ah ! je respire !...

BARBIER.

J'ai même obtenu d'elle qu'elle portât un deuil
plus décent, plus en rapport avec notre situation.
C'est affaire à toi. Mais vraiment ce bonnet noir... Il
n'y manque qu'une cocarde tricolore.

MADAME BARBIER.

C'est égal, j'ai eu tort, je crois, de lui dire que
nous n'en avions que trois à loger. Un plus grand
nombre l'aurait retenue davantage.

BARBIER.

Oh ! je suis bien rassuré... Sais-tu ce qu'elle fait
en ce moment ? Elle enlève des murs de sa chambre
les portraits de son frère. Il était compromettant
pour la maison, celui-là. A propos... Les autres ?

MADAME BARBIER.

Ils se promènent là, dans le jardin, sous les fenêtres, en attendant le diner.

BARBIER.

Tu ne crains pas qu'ils s'impatientent?

MADAME BARBIER.

On pourrait leur porter une bouteille de vin.

BARBIER.

C'est cela. J'y vais. (*Il va au buffet prendre une
bouteille et trois verres.*)

MADAME BARBIER.

... Pendant que je mettrai le couvert dans leur
chambre. (*Elle va ouvrir la porte à Barbier dont les
mains sont embarrassées et revient au buffet d'où elle
tire de la vaisselle et du linge.*) Qu'est-ce que fait
cette Catherine, qu'elle ne redescend pas? (*Barbier
rentre précipitamment, défait, et se laisse tomber sur
une chaise près de la porte.*)

MADAME BARBIER, *se retournant au bruit.*

Eh! mon Dieu! mon pauvre homme, qu'est-ce
que tu as?

BARBIER, *s'étranglant.*

J'ai... j'ai... que, sans moi... elle en tuait un... là,
sous mes yeux.

MADAME BARBIER.

Catherine?

BARBIER.

Ta Catherine, oui. Je n'ai plus une goutte de sang

dans les veines... Heureusement, les Prussiens avaient le dos tourné... Ils n'ont rien vu. Et mon apparition a arrêté le bras de cette malheureuse.

MADAME BARBIER.

Ah ! nous en mourrons ! Mais explique-moi...

BARBIER.

Voilà. Je sortais juste comme les trois hommes passaient sous la fenêtre de Catherine. L'un d'eux, le sous-officier, était même baissé pour cueillir une fleur. J'ai l'idée (il y a une Providence !), j'ai l'idée de lever les yeux... Qu'est-ce que je vois ? Catherine soulevant un des pots de fleurs qui sont sur sa croisée ! Mon regard l'a clouée... Mais dix secondes plus tard le Prussien était assommé.

MADAME BARBIER.

Ah ! le ciel nous abandonne, décidément !

BARBIER.

Gardez-donc des domestiques vingt-cinq ans !

MADAME BARBIER.

Que faire ?... Que faire ?

BARBIER.

C'est une bûche. Il faut renoncer à lui faire entendre raison. Autant parler à cette table. Si tu l'avais vue tout à l'heure, quand je m'adressais à son cœur : elle n'a pas bronché. « Oui, non » : impossible de tirer d'elle autre chose. Elle a son idée ; elle n'en démordra pas. C'est un monstre de dissimulation. Elle abrégera notre existence de vingt ans !

MADAME BARBIER.

De plus de vingt ans.

BARBIER.

Je comprendrais, à la rigueur, son excitation, si c'était le meurtrier de son frère que nous logions. Mais n'est-il pas stupide de vouloir rendre responsables de sa mort les trois soldats qu'on nous a envoyés? Sapristi! on ne fait pas d'omelettes sans casser des œufs! Mais allez lui faire comprendre ça!

MADAME BARBIER.

Il faut cependant prendre un parti.

BARBIER.

Un parti... il n'y en a qu'un; nous relayer auprès d'elle jour et nuit; ne jamais la laisser seule. Pour commencer, nous allons la faire coucher ici. Nous l'aurons sous la main. (*La nuit a peu à peu envahi la pièce; madame Barbier en se levant renverse sa chaise; Barbier sursaute et se retourne.*) Tu m'as fait peur! C'est bête aussi de demeurer sans lumière... (*Il frissonne.*) C'est comme une cave, cette grande chambre...

MADAME BARBIER.

Je vais allumer... Ecoute... Elle descend... Ne la brusque pas. Je t'en prie, sois prudent.

SCÈNE IX

Les Mêmes, CATHERINE

CATHERINE, *une lampe d'une main, un petit cadre de l'autre qu'elle éclaire en le montrant à madame Barbier.*

C'est tout de même ça des uniformes comme eux n'en ont pas !

MADAME BARBIER.

Tu te montes la tête, ma fille... Sois donc raisonnable.

CATHERINE.

Quand je l'compare à ces Mandrins-là !...

BARBIER, *véhément.*

Catherine... nous ne vous laisserons pas insulter des gens... qui peuvent vous entendre... Tenez votre langue ou sinon...

CATHERINE.

Bon, bon... (*Elle met le portrait dans son corsage.*)

BARBIER.

Ce n'est pas tout. Il faut que tu cèdes ta chambre... Ils l'exigent.

CATHERINE.

Ma chambre ?

MADAME BARBIER.

Là... là... ne te fâche pas. Tu coucheras à côté de nous, ici. N'y seras-tu pas bien ? Tu vas descendre ta literie.

CATHERINE.

Oh ! un matelas par terre... pour moi...

MADAME BARBIER.

Comme tu voudras. Dans un temps comme celui
que nous traversons, vois-tu, les honnêtes gens ont
besoin de vivre rassemblés, de se sentir les coudes...
On est plus forts pour résister. Fais aussi un paquet
de tes affaires. Nous leur trouverons une place provisoire (*Appels et bruit au dehors.*) Ah ! ils veulent
dîner.

CATHERINE.

Je vas les servir.

MADAME BARBIER.

Non ; c'est moi qu'ils réclament. Occupe-toi de
ton déménagement (*Au fond.*) Je vais mettre leur
couvert (*Ouvrant la porte.*) Tiens, monsieur Barbier,
voici justement M. Raquillet qui vient te tenir com-
pagnie. Entrez donc. Mais non, vous ne nous déran-
gez pas. (*Elle s'efface pour laisser passer Raquillet et
sort ; Catherine referme la porte et sort à gauche.*)

SCÈNE X

BARBIER, RAQUILLET

RAQUILLET.

Eh ! bien... Etes-vous satisfait des vôtres ?

BARBIER.

Mon Dieu... Et vous ?

RAQUILLET.

Moi, pas mécontent... Je vendaille... Ils paient
tout ce qu'ils prennent ; et ce sont de rudes fumeurs !
Imaginez-vous, il m'en arrive un... un gros papa, qui
voulait m'acheter du papier à lettre pour écrire chez
lui. Je lui ai dit : « Pardon, est-ce le soldat qui s'a-
dresse à moi ou bien le père de famille ? C'est le père
de famille, n'est-ce pas ? Alors, gardez donc votre
argent. » Un homme en vaut un autre. Ce n'est pas
de leur faute s'ils sont Allemands... Ils ont femmes
et enfants comme nous... Si on ne s'entr'aidait
pas...

BARBIER.

Rien de nouveau dans la ville ?

RAQUILLET.

Non... Ah ! si... Une proclamation de l'état-major
va être affichée, avertissant les habitants des maisons
où l'on aura, par ressentiment, tué ou blessé des
personnes appartenant aux troupes de Sa Majesté le
Roi, qu'ils seront passés par les armes et que leur
maison sera brûlée.

BARBIER.

Et ils feraient ce qu'ils disent ?

RAQUILLET.

Je vous le promets. J'ai tout de suite pensé à
vous.

BARBIER.

Hein ?

RAQUILLET.

Catherine... L'épicier m'a confirmé le propos qu'elle a tenu chez lui... Avez-vous réfléchi ?

BARBIER.

Mais je ne fais que ça ! Voyons, vous êtes notre ami, notre vieil ami... Que me conseillez-vous ?

RAQUILLET.

De la flanquer à la porte — sans un pli !

BARBIER.

Cela, jamais ! Vous savez bien ce qu'a fait Catherine pour nous. Elle avait quinze ans lorsqu'elle est entrée à notre service ; elle en a quarante aujourd'hui. Nous n'avons jamais eu un reproche à lui adresser. C'est l'honnêteté même. Et dévouée ! Elle a élevé nos deux filles ; elle en a sauvé une... Je sais ce que nous lui devons. Elle a passé les nuits pendant deux mois, à mon chevet, quand j'ai eu cette pleurésie... Sans doute, depuis la mort de son frère, elle est tout autre... Mais c'est un moment critique... un état provisoire... Nous la surveillerons. Il ne traîne pas d'armes ici... Toutes sont enfouies depuis que le département est envahi. On ne tue pas comme ça les gens, avec...

RAQUILLET.

Oh ! un manche à balai, un couteau de cuisine, n'importe quoi. La vengeance ne s'embarrasse pas des moyens. Moi, vous savez, je vous parle en voisin,

tout à fait désintéressé... quoique... si votre maison
brûlait... hé ! hé !... avouez que ce serait désagréable
pour moi. J'aurais des chances d'être entamé. La
question est délicate. Il ne faut pas toujours penser
qu'à soi. Enfin, si vous répondez de Catherine.

BARBIER, *perplexe.*

J'en réponds... sans en répondre... Ce que vous
me dites là... Chut, la voici ; parlons d'autre chose.
(*Catherine entre, traînant un matelas plié en deux et
dans lequel sont roulés draps, couvertures, oreiller,
etc. Elle fait rapidement son lit par terre.*) Est-ce
que... est-ce qu'ils prennent beaucoup chez vous ?

RAQUILLET.

A crédit ?

BARBIER.

Non ; je vous demande s'ils sont exigeants, s'ils se
font servir ou bien s'ils se servent eux-mêmes.

RAQUILLET.

Oh ! je n'ai pas à me plaindre. J'ai un officier...
très bien.... parlant le français comme vous et moi...
Bon musicien avec cela, ce qui ne gâte rien. (*Avec une
nuance de mépris.*) Vous n'avez qu'un sous-officier,
vous ?

BARBIER, *piqué.*

Un sous-officier... porte-épée — et deux soldats.

RAQUILLET.

Eh! bien, avais-je raison de vous dire qu'un
gradé ?...

BARBIER.

Certes, et nous vous remercions. Ne voulait-il pas, par complaisance, qu'on donnât de la paille à ses hommes ? C'était assez bon pour eux, disait-il. Mais nous avons tenu à ce qu'ils eussent des lits. Il faut se mettre à leur place. Quand on a supporté leurs fatigues, on n'est pas fâché, n'est-ce pas ?... (*Catherine sort.*)

RAQUILLET.

Absolument. C'est donc pour cela que Catherine va coucher par terre ?...

BARBIER.

Pour cela, oui... et aussi parce que, de cette façon, nous ne la perdons pas de vue. Nous nous entourons de précautions. Si un malheur arrive...

RAQUILLET.

Un malheur... Dites une catastrophe. Si, non satisfaits de vous avoir fusillés tous les trois, ils m'incendient...

BARBIER.

Alors, vous croyez, vraiment, que ma conduite ?...

RAQUILLET.

Est jugée dans le quartier très sévèrement, je ne vous le cache pas. C'est au point, ma foi, je l'avoue, que j'ai cru prudent de donner le change sur vos véritables intentions.

BARBIER.

Comment cela ?

RAQUILLET.

A tout hasard, et grâce à l'obligeance de l'officier
que je loge, je me suis procuré un sauf-conduit pour
Catherine. Si vous jugiez son renvoi nécessaire, vous
n'auriez qu'à me faire signe. Son départ ne souffrirait
ni retard, ni difficultés d'aucune sorte.

BARBIER.

Ah!... Et... Vous l'avez là, ce... sauf-conduit ?

RAQUILLET.

Oui ; au fait... je puis bien vous le remettre. Ça
n'engage à rien. Si vous ne l'utilisez pas, vous me le
rendrez. (*Catherine rentre, traînant une malle.*) Bon-
soir ; cette journée m'a brisé, je vais me coucher.

BARBIER, *le reconduisant.*

Je crois bien que nous en ferons autant quand nos
soldats auront dîné. Allons, bonne nuit... (*Le rete-
nant, au seuil, par sa poignée de mains.*) Vous savez...
merci, nous n'oublierons jamais...

RAQUILLET.

Vous plaisantez! De rien... de rien... (*Il sort.*)

SCÈNE XI

BARBIER, CATHERINE, *puis* MADAME BARBIER

*Barbier regarde alternativement le sauf-conduit
et Catherine occupée à inventorier sa malle ..*

CATHERINE.

Comme ça, y n'a qu'un officier, m'sieu Raquillet ?

BARBIER.

Oui.

CATHERINE.

C'est cor trop d'un.

BARBIER, *redescendant.*

Voyons, qu'est-ce que tu as encore à bougonner.

CATHERINE, *baissée sur sa malle, se redressant, colère.*

J'ai... j'ai... qu'ça peut pas durer... que j'suis pus rien ici, moins qu'une bête... J'ai qu'not dame s'fatigue, qu'a va, qu'a vient, pour les servir, tout comme si j'étais pas là. C'est-y donc que l'monde est renversé à c't'heure, que c'est la maîtresse qu'est la domestique ? A-t-on jamais vu ça ? (*Sur un geste de Barbier.*) Non, à la fin, j'peux pas tenir ma langue ; y m'semble qu'a m'étranglerait si je la crachais pas !

BARBIER.

Catherine !

CATHERINE, *attendrie.*

Ben oui, là... ça m'fait de la peine... une grosse peine... de voir ces brigands-là chez nous...

MADAME BARBIER, *entrée sur ces paroles.*

Veux-tu bien te taire !

BARBIER.

Elle ne sera contente que quand elle nous aura fait massacrer.

CATHERINE, *poursuivant.*

' le cœur gros de penser... à tout le mal... qui

m'ont fait... Mais c'est-y une raison pour me laisser
là comme une empotée pendant que vous trôlez tous
les deux? A quoi que j'sers ici... si c'est vous qui
faites tout l'ouvrage? Vous payez-t'-y quelqu'un pour
rien faire? Faut pas m'garder si vous avez pas besoin de moi... J'mange pas le pain que je gagne pas.

MADAME BARBIER.

Voyons, sois raisonnable... Nous ne sommes pas
encore organisés... Demain, chacun aura sa tâche...
toi comme nous. Ne songeons, pour le moment, qu'à
nous reposer.

CATHERINE.

Oh! moi... j'vas m'étendre tout habillée... Est-ce
qu'on sait jamais, avec des locataires comme ça...
Voulez-vous que j'me couche en travers de votre porte?
Au moindre bruit, j'serais debout. (*Elle remonte.*)

MADAME BARBIER.

Non... Merci...

BARBIER, *bas*.

Elle manigance quelque chose. C'est pour tromper
plus rapidement notre surveillance qu'elle reste
vêtue.

MADAME BARBIER.

Ne la quittons pas.

CATHERINE, *mettant un bonnet de nuit.*

C'est-y que vous ne vous mettez pas au lit?

BARBIER.

Tout à l'heure... Quelques petits drapeaux à planter... (*Il met la carte sur la table et s'assied d'un côté, madame Barbier de l'autre.*)

CATHERINE, *se couchant.*

Ben alors, bonne nuit.

MADAME BARBIER.

Bonne nuit, Catherine.

BARBIER, *bas, par-dessus la table.*

Elle dissimule... Elle est rudement forte !

MADAME BARBIER.

Si nous la laissions seule, dans cinq minutes elle serait chez les Prussiens.

BARBIER.

As-tu enfermé les couteaux de cuisine ? C'est une idée de Raquillet.

MADAME BARBIER.

Tout... jusqu'au tourne-broche.

BARBIER.

Assez d'objets peuvent devenir, entre ses mains, des armes terribles... Un chandelier, par exemple ; il faudra cacher aussi nos chandeliers massifs. Raquillet a raison... Ce ne sont jamais les instruments du crime qui manquent... Pour qu'il ait dit cela... ayant l'oreille du quartier comme il l'a...

MADAME BARBIER, *penchée vers lui.*

Est-ce qu'il a encore entendu quelque chose?

BARBIER, *se rapprochant.*

On ne parle rien moins que de nous dénoncer aux autorités allemandes! (*Geste de stupeur de madame Barbier, aussitôt réprimé par Barbier, qui met un doigt sur sa bouche.*) Va voir, tout doucement, si elle est endormie. (*Madame Barbier va sur la pointe des pieds jusqu'au lit de Catherine, se penche sur elle et revient avec les mêmes précautions.*)

MADAME BARBIER.

Elle dort... Tu disais?...

BARBIER.

Que c'est maintenant le quartier qui nous somme de prendre une détermination. Raquillet avait délégation des voisins pour m'en avertir... Il ne l'a pas avoué... par délicatesse... mais c'est clair.

MADAME BARBIER.

Je ne comprends pas...

BARBIER.

Eh! bien, tu vas comprendre... Si tu avais lu les affiches qui s'étalent sur tous les murs, tu saurais que les maisons où des soldats de Sa Majesté auront été maltraités, seront brûlées, outre la répression sanglante promise aux coupables et à leurs complices. (*Madame Barbier s'assoit, atterrée.*) Je n'exagère donc pas en disant que nous tenons entre nos mains le sort du quartier, car de notre maison l'in-

cendie peut s'étendre aux immeubles voisins, mena-
cer la ville tout entière... Comment, après cela,
s'étonner que nous ayons tout le monde contre nous?

MADAME BARBIER.

Mais Raquillet t'a donné un conseil...

BARBIER.

Sans doute... et le seul qu'il faille suivre.

MADAME BARBIER.

C'est?

BARBIER.

C'est... de renvoyer Catherine.

MADAME BARBIER, *debout*.

Renvoyer Catherine! Y penses-tu, M. Barbier?
Une fille prête à donner sa vie pour nous si nous la
lui demandions.

BARBIER.

A charge de revanche, alors? Merci.

MADAME BARBIER.

La maison sans Catherine! Mais les gens qui réclament son renvoi seraient les premiers ensuite à
nous le reprocher.

BARBIER.

Ah! Parbleu!... Je sais bien que nous ne la rem-
placerons jamais. Mais il ne faut pas nous arrêter à
cette considération égoïste. Nous avons charge
d'âmes.

MADAME BARBIER.

Et si elle refusait de quitter Versailles?... ah!

BARBIER.

Elle nous est trop dévouée... elle nous aime trop...
pour nous faire cette peine.

MADAME BARBIER.

Enfin, t'es-tu demandé où elle irait, la malheureuse :

BARBIER.

Là, nous perdons le droit d'intervenir... En Nor-
mandie, sans doute, son pays.

MADAME BARBIER.

A travers les lignes prussiennes?

BARBIER.

Avec un sauf-conduit.

MADAME BARBIER.

Mais l'a-t-elle, ce sauf-conduit :

BARBIER, *le tirant de sa poche.*

Elle l'aura. Tiens.

MADAME BARBIER.

Mais comment te l'es-tu procuré :

BARBIER.

Est ce que Raquillet ne pense pas a tout? C'est
notre Providence.

MADAME BARBIER.

Non, non .. Nous ne pouvons pas.

BARBIER.

Alors, tu préfères qu'on nous dénonce ? Permets-
moi de trouver que tu disposes bien légèrement de
deux existences... Catherine ne nous est de rien,
somme toute. Nous lui avons toujours payé réguliè-
rement ses gages; elle nous doit vingt-cinq ans de
tranquillité... Elle a été malade, elle aussi... Rarement, c'est vrai... A-t-elle jamais manqué de soins ?
Nous sommes quittes.

MADAME BARBIER.

C'est une mauvaise action... On a donné aux paroles prononcées par Catherine une portée qu'elles
n'ont pas... mon cœur me le dit.

BARBIER.

Parce que, comme toutes les femmes, tu fourres le
sentiment où il n'a que faire. Mais je veux bien
abonder dans tes scrupules. On a exagéré. Bien. Le
feu couve, il n'est pas éteint. Suppose que ces soldats... privés de tout, de tout, depuis longtemps,
aient la fantaisie de prendre... avec Catherine... cer-
taines privautés... ah ! tu n'avais pas songé à cela...
Voilà le feu ranimé... Un malheur, vois-tu, est trop
vite arrivé pour que des mesures préventives ne
constituent pas un devoir.

MADAME BARBIER.

Je suis, en tout cas, sans courage, pour lui annon-
cer ta résolution.

BARBIER.

Je m'en charge. Je n'ai pas l'intention de passer
deux nuits comme celle-ci.

MADAME BARBIER.

Tu voudrais... comme ça... tout de suite ?...

BARBIER.

Non, mais demain matin, au petit jour... Il est bon qu'on ait, dans le quartier, la certitude de son départ, qu'on la voie s'en aller...

MADAME BARBIER.

Donne-lui au moins le temps de se préparer.

BARBIER.

Au contraire, le moindre délai peut avoir des conséquences désastreuses. Il vaut mieux, je crois, qu'elle trouve, au saut du lit, ses affaires toutes prêtes. Elle n'aura ainsi aucun prétexte pour demeurer.

MADAME BARBIER.

Ce serait donc moi qui ferais sa malle ?

BARBIER.

Pourquoi une malle ? Pour l'encombrer ?... Un petit paquet, contenant les objets de première nécessité, me paraît suffisant... Tu sais d'ailleurs, mieux que moi, ce qu'il faut qu'elle emporte... Allons, aide-moi... *(Il s'approche de la malle, la prend par une poignée, attend que madame Barbier, après une courte hésitation, vienne saisir l'autre. Et tous deux, avec précaution, apportent la malle près de la table sur laquelle Barbier étend une serviette, pendant que sa femme lève le couvercle).* Une robe, un jupon, un peu de linge... c'est l'important, n'est-ce pas ?

MADAME BARBIER, *tirant une robe de la malle*.

Voici la robe; c'est celle que je lui ai donnée der-
nièrement.

BARBIER.

On t'a vue la porter dans Versailles ?

MADAME BARBIER.

Oui.

BARBIER.

Une autre, alors. Elle indiquerait que Catherine
sort de chez nous... s'il lui arrivait malheur avant
d'avoir gagné au large. (*Devant un jupon qu'elle lui
présente et qu'il met dans la serviette.*) Le jupon, si tu
veux... (*Devant une robe.*) et cette robe-là si elle ne t'a
pas appartenu. (*Il la met dans la serviette.*)

MADAME BARBIER.

Du linge.

BARBIER *l'examinant*.

A ses initiales? Bien.

MADAME BARBIER.

Mon vieux châle... Je le mettais si rarement...

BARBIER, *l'écartant*.

Inutile... Inutile... Il ne reste rien au fond de la
malle, qui puisse nous attirer des désagréments?

MADAME BARBIER.

Non. Vois.

BARBIER, *après avoir exploré la malle.*

Et ça?... Une aigrette d'artilleur. Celle de son frère... (*Il la met dans le paquet.*)

MADAME BARBIER.

Tu ne crains pas, si on la trouvait dans son paquet?...

BARBIER.

Quoi?... Nous n'avons pas le droit de garder un souvenir de son frère... auquel elle tient, certainement.

MADAME BARBIER, *penchée à son tour sur la malle.*

Oh!... Barbier... Barbier...

BARBIER.

Qu'est-ce encore?

MADAME BARBIER, *coiffant son poing d'un petit bonnet d'enfant.*

Regarde... Tu ne le reconnais pas? Les bonnets des petites!... Elle les a conservés... Il y a vingt ans qu'ils sont au fond de sa malle... Pauvre fille!... Elle les aimait tant... Ah! je croyais bien qu'elle ne nous quitterait jamais!

BARBIER.

On ne commande pas aux événements... C'est tout, n'est-ce pas? (*Il noue les quatre coins de la serviette.*) Maintenant, je vais la réveiller.

MADAME BARBIER, *lui barrant le chemin.*

Une dernière fois... monsieur Barbier...

BARBIER.

Je te le répète : c'est une question de vie ou de
mort. Chef de famille, je connais mon devoir. (*Il
passe, s'approche du lit, suivi par sa femme.*) Catherine... (*Elevant la voix.*) Catherine... (*Catherine se
réveille en sursaut et regarde autour d'elle avec effare-
ment.*) C'est nous...

CATHERINE.

C'est-y que vous êtes déja levés ?

BARBIER.

Oui, nous avons mal dormi... tourmentés... une
mauvaise nouvelle.

CATHERINE, *assise de biais, sur son lit.*

On vous a fait des misères?

BARBIER.

Des misères... non... de la peine, beaucoup de
peine... en nous forçant à prendre un parti qui nous
fend le cœur... à madame Barbier... à moi... crois-le
bien... (*Madame Barbier s'essuie les yeux.*)

CATHERINE, *debout.*

C'est donc pour ça que madame pleure ?
MADAME BARBIER, *allant à elle, lui prenant la main.*

Sois sûre que nous avons tout fait avant d'en venir
à cette extrémité... C'est la mort dans l'âme, la main
forcée...

BARBIER.

La main forcée, c'est le mot... C'est le quartier
qui le veut.

CATHERINE, *ahurie*.

Y veut quoi, l'quartier?

BARBIER, *après avoir attendu que sa femme répondît.*

Que... nous nous séparions de toi... (*Sur un geste de Catherine.*) momentanément.

CATHERINE, *les bras tombés.*

C'est possible !

MADAME BARBIER.

Mais aussi quelle imprudence ! Aller dire partout que si les Prussiens te tombent sous la main tu leur feras passer le goût du pain... Est-ce qu'on raconte ces choses-là ?... Ta menace a été répétée, commentée, et, à l'heure qu'il est, tous nos voisins, pour éviter des représailles qui seraient terribles, exigent ton départ... Ce n'est pas nous qui te renvoyons...

CATHERINE.

Ah ! tant mieux...

BARBIER.

Nous rendons un hommage solennel à tes qualités, à ton zèle, à ton attachement... J'ai des relations... Si jamais je peux te faire obtenir un de ces prix qu'on accorde aux vieux, aux honnêtes serviteurs... compte sur moi... Mais il serait inutile d'insister pour nous faire revenir sur une détermination irrévocable (*Catherine se met à sangloter.*) Madame Barbier a fait un petit paquet des choses indispensables qui ne t'embarrasseront pas... Le reste te parviendra

par nos soins, dès que les communications seront
rétablies.

MADAME BARBIER.

Avec ce sauf-conduit qu'on nous a procuré pour
toi, nous allons te remettre un peu d'argent...

CATHERINE, *à travers ses larmes..*

J'en ai pas besoin... J'ai des économies...

BARBIER, *bas à sa femme.*

N'insiste pas. Tu la froisserais.

CATHERINE.

Du moment que je suis un danger pour vous, j'ai
qu'à m'en aller... Je ne vous en veux pas... Je comprends ça... je comprends ça... (*Elle ôte son bonnet
de nuit.*)

BARBIER.

Tu es une brave fille... Tu vas retourner chez toi,
n'est-ce pas ? Tu traverseras les lignes prussiennes.
Laisse-moi t'adresser une prière. Il faut me pro-
mettre de te conserver pour nous, de ne pas com-
mettre d'imprudences, surtout dans ces parages où
nous sommes connus, où tu pourrais nous faire un
tort extrême, sinon mettre nos jours en péril. Tant
que tu ne seras pas loin, bien loin d'ici, ta destinée
est, pour ainsi dire, liée à la nôtre. Nous espérons
que tu ne l'oublieras pas... que tu puiseras dans cette
idée la force de contenir tes sentiments comme je
contiens les miens.

CATHERINE, *dont les sanglots redoublent.*

J'ai... jamais... fait... de tort... à personne !...

BARBIER.

Nous en sommes convaincus. Tu emportes toute
notre estime... Si les gens qui demandent ton éloi-
gnement te connaissaient comme nous te connais-
sons... ils se montreraient moins ardents contre
toi... Il faut leur pardonner... L'occupation est trop
pénible aux cœurs vraiment français pour ne pas ex-
cuser les défaillances...

MADAME BARBIER.

Apprête-toi, ma fille. Mieux vaut, je crois, te
mettre en marche au petit jour, pour moins de fatigue.

BARBIER.

Si tu pouvais même t'en aller avant le réveil des
Prussiens, tu t'épargnerais la vue... désagréable... de
ceux qui sont la cause de ton départ... Va-t'en plutôt
sur un bon souvenir, celui de notre sincère affection.

CATHERINE, *s'habillant machinalement.*

Qui... qui... que vous allez prendre pour me rem-
placer?...

MADAME BARBIER.

Personne.

BARBIER.

Ta place restera vide à notre foyer, je t'en donne
l'assurance.

CATHERINE.

Alors, ça me console un peu... Mais c'est pour

me faire plaisir que vous dites ça... Vous pouvez pas rester seuls, sans servante... V's en aurez une autre... qui saura rien de vos habitudes, de la maison, et qui gaspillera... (*Elle se remet à pleurer.*) Ah ! Jésus ! Calamité !

BARBIER.

Voyons, voyons. . des temps meilleurs reviendront... Voilà ton petit paquet... et puis ça... qu'cn appelle un sauf-conduit et que tu présenteras à toute réquisition. Range-le bien. (*Catherine le met dans sa poitrine.*) J'espère qu'il lèvera toutes les difficultés que tu pourras rencontrer. Si cependant je me trompais (il faut tout prévoir), si tu jugeais que les explications qu'on te demande sont de nature à nous compromettre... peut-être serait-il préférable de ne pas te réclamer de nous, comprends-tu ? de laisser ignorer d'où tu viens, où tu as servi... Après la guerre, c'est autre chose ; tu disposeras de nous à ta guise.

CATHERINE.

Vous êtes bien bons, merci.

MADAME BARBIER.

Que pouvons-nous faire encore pour toi ?... Cherche... Si c'est possible...

CATHERINE.

Dame !... j'serais bien contente, oh ! là ! bien... si...

LES BARBIER, *ensemble, perplexes.*

Si ?...

CATHERINE.

Si vous me permettiez de vous embrasser tous les
deux, avant de partir... Y me semble que ça me por-
tera bonheur... et qu'on se reverra.

MADAME BARBIER.

Ah! ma fille... Comment donc! (*Elle lui ouvre ses
bras.*)

BARBIER.

Vrai! ça réjouit le cœur de voir qu'on n'a pas affaire
à une ingrate. (*Il la reçoit à son tour dans ses bras.*)

MADAME BARBIER, *prêtant l'oreille.*

C'est la pluie qu'on entend tomber? *Elle remonte
vers la fenêtre, l'ouvre.* Mais oui... (*à verse.*) Un
temps à ne pas mettre un chien dehors.

BARBIER.

C'est la saison.

MADAME BARBIER, *à Catherine.*

Couvre-toi bien.

CATHERINE.

J'ai le châle que vous m'avez donné. (*Signes de Barbier à sa femme.*)

MADAME BARBIER, *gênée.*

Ah! oui, le châle...

BARBIER, *arrêtant du geste Catherine qui va ouvrir
la malle.*

Si tu veux me croire... je ne te conseille pas...
dans ton intérêt... C'est un mauvais vêtement pour

voyager en pays ennemi... On s'imaginera que tu caches des armes dessous... on te fouillera... tu sera inquiétée... Non, pas de châle... N'est-ce pas ton avis, madame Barbier?

MADAME BARBIER.

Peut-être... en effet... ton petit caraco suffira, va... (*Elle aide Catherine à s'en couvrir, pendant que Barbier lui donne son paquet.*) Au revoir... Le jour se lève... Eteins donc la lampe, monsieur Barbier. (*Elle accompagne Catherine jusqu'au fond où les arrête le cri de Barbier.*)

BARBIER.

Catherine! (*Il remonte*). Diable! j'allais oublier...

MADAME BARBIER.

Quoi donc?

BARBIER, à *Catherine*.

Une dernière recommandation. Tu as assisté à l'enfouissement de notre argent, de nos bijoux, de nos couverts... de tout ce que nous possédons de précieux... Ta discrétion nous est trop connue pour que nous en doutions... oh! nous n'en doutons pas... Mais l'ennemi emploie quelquefois, pour arracher un secret, des moyens violents, atroces, je dirai même indignes des peuples civilisés!... Pouvons-nous espérer en ta vaillance, en ton silence malgré tout?

CATHERINE.

J'en donnerai c'te main là à couper... et l'autre avec!

BARBIER.

Merci.

CATHERINE.

Moi aussi, au fait, j'oubliais quéque chose... Bon_
jour aux p'tites, et bonne chance chez elles — quand
c'est que vous y écrirez ?...

> *Elle sort, son paquet à la main, est arrêtée un
> moment sur le perron par une rafale, se re-
> tourne, fait encore un long signe aux Bar-
> bier et disparaît.*

SCÈNE XII

M. *et* MADAME BARBIER, *puis* RAQUILLET

MADAME BARBIER, *refermant la porte.*

C'est le déluge.

BARBIER.

Il fera beau tantôt.

MADAME BARBIER.

C'est égal, elle a mieux pris la chose que je n'aurais pensé.

BARBIER.

Peut-être nous regrette-t-elle fort peu, au fond.

MADAME BARBIER, *piquée.*

Ce serait mal. Nous avons toujours été assez bons
pour elle.

RAQUILLET, *entrant, au fond, en se secouant.*

Quel temps, mes amis! Eh bien, ça y est?.. Elle
est partie.

Barbier, vivement.

L'a-t-on vue ?... Les voisins ?...

Raquillet.

Enchantés ! je vous apporte leurs félicitations. C'est un grand soulagement pour le quartier. On n'attendait pas moins de vous.

Barbier.

Je sais sacrifier mes intérêts à mes devoirs.

Madame Barbier, *les yeux sur la première fenêtre où passent lentement, successivement, les trois casques prussiens qu'on revoit ensuite défiler à la seconde croisée.*

Regardez donc !... Est-ce possible ?

Raquillet.

Quoi donc ?

Madame Barbier.

Ils vont à l'exercice, d'un temps pareil ?

Raquillet.

Parfaitement.

Monsieur et Madame Barbier, *ensemble.*

Ah ! les pauvres gens !

Rideau.

EMILE COLIN. — IMPRIMERIE DE LAGNY

www.ingramcontent.com/pod-product-compliance
Lightning Source LLC
LaVergne TN
LVHW021821170726
843503LV00007B/3303